兒童品格修養繪本

衣櫃裏的雄獅

黃嘉莉◎文　　彭韻嘉 ◎圖

商務印書館

衣櫃裏的雄獅

編　　著：黃嘉莉

繪　　圖：彭韻嘉

責任編輯：鄒淑樺

封面設計：張　　毅

出　　版：商務印書館 (香港) 有限公司
　　　　　香港筲箕灣耀興道 3 號東滙廣場 8 樓
　　　　　http://www.commercialpress.com.hk

發　　行：香港聯合書刊物流有限公司
　　　　　香港新界荃灣德士古道 220-248 號荃灣工業中心 16 樓

印　　刷：永經堂印刷有限公司
　　　　　香港新界荃灣德士古道 188-202 號立泰工業中心第 1 座 3 樓

版　　次：2021 年 7 月第 1 版第 1 次印刷
　　　　　© 2021 商務印書館 (香港) 有限公司
　　　　　ISBN 978 962 07 0595 3
　　　　　Printed in China

衣櫃裏的雄獅

我是誰？我是誰！

小子，你真的有眼不識泰山了！

你先走過來，湊近點，湊近點，不用怕嘛。

看到了嗎？

我有全森林最尖銳的牙，

能一口咬住小鹿的頸項，要牠血流如注；

我有最具殺傷力的爪，

能一手抓住羚羊，另一手抓住野豬，

要牠們動彈不得；

我的頸項上是王者才配有的金長毛，

它們會在風中……

喂，喂⋯⋯老弟，老弟⋯⋯

誰？誰？是誰在呼喚萬獸之王？

是我！你身旁的貓頭鷹。

你這又瘦又弱的小鳥要找死嗎？

老弟，你是瘋了嗎？不是在謬論大發，就是咆哮煩人，

你怎會是萬獸之王！清醒過來吧，

你只不過是百貨公司玩具部貨架上的一隻小獅子。

不是！不對！

我被困這裏只是暫時的。

4

你抬起頭，看看那遠方，那裏有遼闊的原野，有曾被我打敗的萬獸，終有一天，我要回到我的原野，我的家，在那裏，我是王，我是霸主，我是……

就在小獅子滔滔不絕時，小志正牽著爺爺的手推開了門，走進來了。

你看，平日愛發嚕囌的小志今天竟笑容滿臉。原來今天是小志的大日子，他剛勝出了「國王盃朗誦比賽」，他就是那個負責「怒」的小個子。得知勝出了比賽，「喜」和「怒」立時摟成一團，喜怒難分──這情況不常見。

小志愛鬧情緒，終日無理取鬧，大家也有點怕他呢！

爺爺指着架上的小貓、小狗、小貓頭鷹，問：「喜歡哪一個？」

　　小志一眼便看到了小獅，又立即想到平日大家在他背後叫他作「咆哮王」，一種親切感油然而生，小手指着架上的小獅子，説：「我要小獅！」

　　小獅立即向身旁的貓頭鷹露出一個不可一世的笑容，説：「看，這就是我回到遼闊原野的第一步。」

　　在小志摟着小獅回家時，小獅便已開始盤算牠的「逃亡大計」。

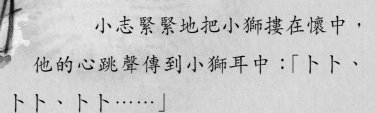

小志緊緊地把小獅摟在懷中，
他的心跳聲傳到小獅耳中：「卜卜、
卜卜、卜卜……」

哦，原來人類的心
跳聲是這樣的，不過，我
是萬獸之王，應該在聽到
人類心跳聲前，早已把他
們吃掉。

還是不要多想，好好認着這
路，這日後逃亡的路。

走了好一段路，看來他們到家了：

一道閘、一道玻璃門，又一扇木門。小獅子機智地、用心地記下每一道門、一扇窗的位置。

11

　　回到家裏，小志便捧着小獅回到睡房去。噢，
這裏有一扇向街的窗，小房間整潔明亮，牀上是
已摺疊的被舖，桌上……小獅還未看清楚，小志
便已打開了衣櫃的門，謹慎小心地把小獅放到一
張軟綿綿的小被上，然後就把門關上。

發生甚麼事？發生甚麼事？

不要把我關在衣櫃裏！我不要困在黑暗中！

我要回到那遼闊的原野⋯⋯

我不屬於衣櫃⋯⋯

任憑小獅怎樣掙扎，那衣櫃的大門仍是緊緊關上的。

小志固然聽不到小獅的呼喚，而小獅也不知道衣櫃是小志存放寶物的洞穴，那兒有：

小志小時候蓋過的被子，

他的第一個布偶，

用過的圍嘴兒，

穿過的嬰兒服。

翌日，小志滿心歡喜地回到學校，一心想告訴小夥伴，他家中多了一隻「咆哮王」。

　　小峰，爺爺送了一份禮物給我！

　　「是嗎？」

　　小威，我家多了一隻「咆哮王」。

　　「噢。」

　　小仲，我最近認了一位新朋友⋯⋯

　　「原來如此。」

冷冷的回應是一壺從頭頂傾注下來的
冰水──

　　沒多久，沒多久，小志發現了只有自
己一人站在

　　操場的中央。

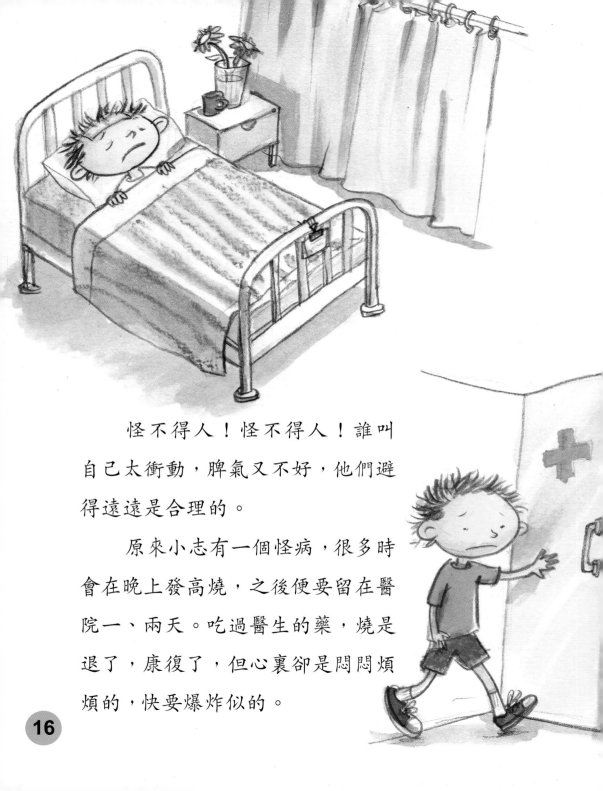

　　怪不得人！怪不得人！誰叫
自己太衝動，脾氣又不好，他們避
得遠遠是合理的。

　　原來小志有一個怪病，很多時
會在晚上發高燒，之後便要留在醫
院一、兩天。吃過醫生的藥，燒是
退了，康復了，但心裏卻是悶悶煩
煩的，快要爆炸似的。

一次康復後回到學校，小志在校園見到同學圍成小圈，原來大家正在欣賞小琳新做的書籤。小志鑽到人堆中，沒開腔，沒請求，一手便搶去書籤，結果一半的「晴天娃娃」書籤在小琳手中，另一半卻在小志手中。

有一次，好奇的小峰捧着小志的新筆盒，想要看清楚。

豈料，小志不僅一手把筆盒搶回來，還抓傷了小峰的手。

又有一次，小志正全神貫注地看着手中的試卷。小威經過時，好像瞄了試卷一眼，小志氣了，惱了，立即要向小威揮拳。

一次又一次的衝突，

一次又一次的不愉快；

怪不得人！怪不得人！

19

回到家裏，小志打開了衣櫃的門，把小獅——他唯一的朋友，從衣櫃裏捧出來，緊緊地把牠摟在懷中，又一下一下地撫摸小獅頭上的金毛。

太好了！太好了！終於重見天日，要把握時機實踐逃亡大計。

咦，小志眼中的是淚嗎？我沒看錯吧。昨天還不是喜滋滋的嗎？

噢，又是這心跳聲……

整個下午，小志都把小獅
放在身旁，

陪他畫畫，

陪他做功課，

陪他吃晚飯，

小獅當然沒機會逃走。

好容易才等到夜闌時分。小志睡了；小獅等了又等，終等到連小志的爸媽也睡了。

夜深了，時機到了。

小獅正要推開摟着他的小志，小志卻把身子挨了過來。

咦，這心跳聲和平日的很不一樣，有點不對勁，小志的身體像火燙似的。該怎麼辦？該怎麼辦？

22

小獅有點情急，一時想不到對策，固然把逃亡的事拋到九霄雲外。

　　牠終想到了，牠決定爬到牀邊的小櫃，再動用全身的氣力，把櫃上的小鬧鐘推到地上，但豈料牠連自己也一併掉到牀下。

爸爸、媽媽走進來，摸了摸小
志的前額，便熟練地替小志換上衣
服，準備到醫院去。

離開房間前，爸爸把地上的小
獅放回牀上。一番的折騰，也太累
了，小獅一合上雙眼，

便睡着了。

翌日，媽媽坐在臉容有點蒼白的小志身旁。

小志說：「媽媽，昨晚我見到一隻小獅子，牠從遼闊的原野跑到我身邊，還把我救了。」

「你一定是在造夢。」

「不是造夢，是萬獸之王救了我。」

「不會吧，胡說！」

這時，待在家中的小獅也醒了。牠原想趁家中無人，便快快跑掉，但另一方面卻又擔心小志的情況。

算了吧，算了吧！還是待小志從醫院回來才走吧，反正來日方長。

就在這時，一隻顏色奪目的不知名小鳥出現在窗邊。

「小獅子，你呆頭呆腦的待在這兒做甚麼？」
「我在等小志回家嘛！」
「你不是要走的嗎？你一定不知道，今天發生了大事！」
「是甚麼事？」
「大腳趾國王從牛耳代妻島回來後，便決定要關閉所有的動物園。園內

的動物今天開始便分批的被送
回大自然。」
「回到大自然……」
「是呀，牠們回家了！」
「回家……回到那遼闊的原
野……我的家……」

　　說着，說着，小
獅抬起頭，看着遙遠的他
方，眼裏是一片無際的青
蔥綠野。

過了一天，兩天，今天已
是第三天了。

咦，有聲音，有開門的聲
音，有人進來了，有孩子的說
話聲——小志回家了。

小志衝到房裏，打開了衣櫃。他翻開了那張小被，把圍嘴兒放在一旁，又推開那小布偶……口中唸着：「小獅，小獅……」

牀上的小獅瞪着眼睛，高呼：「小志，我在這裏，我在這裏。」可惜，小志聽不到牠的叫喚。

爸爸進來了，指着小牀，小志立時把頭轉過來。

小獅看到了掛在小志臉上的兩行淚，和他咧起的嘴中的一個小洞。

之後，又是那熟悉的心跳聲。

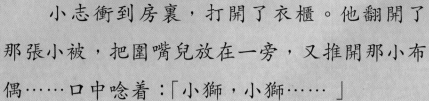

　　又到了寧靜的晚上，所有人都入睡了——除了小獅。

　　牠靠在窗邊，托着頭，想起了大腳趾國王的命令，想起了遼闊的原野，想起了家。

是的，我早已下定决心，要回家。

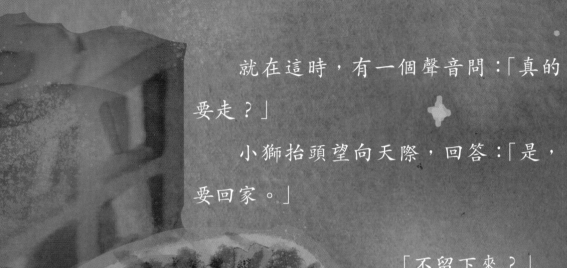

就在這時，有一個聲音問：「真的要走？」

小獅抬頭望向天際，回答：「是，要回家。」

「不留下來？」

　　小獅再回答:「我是萬獸之王,我要回到那遼闊的原野,我要吞下最肥的野豬,最蠢的羊,我要在原野上馳騁。我是王,我是霸主。」

　　天上那聲音卻説:「小獅子,你知道嗎?
世間上有一種人,會先犧牲別人,然後自稱
為王;亦有另一種人總在為身邊的人犧牲自
己,他們沒有想過要做王者,但偏偏他們才
是真正的王者。」

　　早上，媽媽以不似平日的腳步走進來，她坐到
小志的牀邊，輕輕撫摸了他的臉，小志也醒了。

　　媽媽說，爺爺昨晚走了。

到哪裏？

媽媽指指窗外的
藍天，小志明白了，
小獅也明白了。

小獅想告訴大家：「是啊，是啊，我昨晚聽
到爺爺在天上說話。」

媽媽走出了房間，
小志在牀腳邊找到
了小獅：「小獅，以後你
是我唯一的朋友了！」

　　説罷，淚珠滴濕了小獅頭頂上的金毛。

　　是的，小志是朋友！

　　小志再一次把小獅摟在懷裏，又傳來那心跳聲：卜卜、卜卜，伴着那心跳聲，小志說：「答應我，不要再逃跑。」

　　咦，小志怎會知道呢？

　　他已看穿我的心？

小獅還在思索時，小志便硬把小獅的
頭向前點了兩下，代小獅說：
「我答應，我答應。」

噢，天下間竟有這種無賴

——不過，我，萬獸之王答應了！

細聽心曲

寫作時，把人物的思想、內心世界加以陳述、交代，從而令讀者更掌握人物的性格、思路，甚至心理狀態，就是「心理描寫」。運用心理描寫，可把人物的情緒作直接抒發，如「聽到這噩耗，我仿如墜進萬丈深淵，心中悲痛莫名。」；亦可運用人物的內心獨白，如「看着這眼前人，他心裏盤算：他就是兇手？又或者，兇手是另有其人？」去作交代。

《衣櫃裏的雄獅》故事開端，作者就運用了心理描寫去交代小獅子的內心世界——牠自信是馳騁草原，能輕易把小動物置諸死地的萬獸之王。其實，故事中也有其他運用心理描寫的情節，你能找到嗎？

試把以下各選項代表的英文字母填在橫線上，
好成為運用心理描寫的句子。

A. 也似被撕去了一半　　　B. 心裏酸溜溜的
C. 誰有興趣和你説話　　　D. 腳跟長了翅膀，人也升到半空似的
E. 這小獅子傻兮兮的　　　F. 我就從這窗逃到街上

1. 能勝出比賽，小志樂得＿＿＿＿＿＿＿＿＿＿。

2. 爺爺心裏想：＿＿＿＿＿＿＿＿，但既然小志指明是它，
   就買下它吧！

3. 貓頭鷹＿＿＿＿＿＿＿＿，看着小志和小獅子漸遠的身影，
   自己卻孤零零地呆在貨架上。

4. 小獅到了小志的房間，看到那扇向街的窗，不禁在心
   裏吶喊：成功了！成功了！＿＿＿＿＿＿＿＿＿＿。

5.「小威，我家多了一隻『咆哮王』。」
  「噢。」小威淡淡應了一聲，一邊走開，一邊在心裏嘀
   咕：「＿＿＿＿＿＿！你才是大家心目中的『咆哮王』。」

6. 小琳看到手中被撕去一半的書籤，心兒 ＿＿＿＿＿＿＿＿。

作者的話

　　或是杏花春雨的晨曦，或是夕陽殘照的黃昏，有一書在手，都是最大的幸福。

　　我常愛說享受閱讀的人是幸福的 —— 通過閱讀，司馬遷爺爺向我們展示了一道歷史的長河；五柳先生帶我們到桃花源走了一圈；湖海散人把我們置身於三國的戰場；青埂峰上的石頭要向我們訴說他那一段的情緣⋯⋯

　　閱讀令你認識世界，也帶領你認識自己；閱讀令你走得更遠，但腳下每一步都是踏實的；閱讀令你超越陝隘，以另一種的眼界去看世情 —— 享受閱讀的人，他們的世界是絢麗多姿的。

　　《衣櫃裏的雄獅》得以出版，實幸得商務印書館毛永波先生的垂青，鄒淑樺小姐的策劃，彭韻嘉小姐的插畫，我在此再三感銘。期望大家喜歡這故事，又或者和故事中的小獅子一起放下「自己」，挺身做個真正的王者。

　　最後，盼望在閱讀的長河上，小讀者會和我一起撐着一葉小舟，經歷一段又一段的奇幻旅程。

黃嘉莉，現職教師。

平日教室裏，我由托爾斯泰的《人需要多少土地》說到中國的歷史故事《趙氏孤兒》，孩子們愛聽，也沉醉；我愛說，也沉醉，並深信這些故事能鑄造孩子的人格和情操。

後來一次偶然機會，我動了構思小故事的念頭——

由說故事踏前一步去寫故事，盼望這些小故事能贏得讀者的欣賞。